오늘도 잘 살았네
필사 에디션

오늘도
잘 살았네

오늘도 잘 살았네
필사 에디션

1판 1쇄 발행 2024. 12. 16.
1판 3쇄 발행 2025. 2. 3.

지은이 고은지

발행인 박강휘
편집 구예원 디자인 유향주 홍보 박은경 마케팅 이서연
발행처 김영사
등록 1979년 5월 17일(제406-2003-036호)
주소 경기도 파주시 문발로 197(문발동) 우편번호 10881
전화 마케팅부 031)955-3100, 편집부 031)955-3200 | 팩스 031)955-3111

값은 뒤표지에 있습니다.
ISBN 979-11-7332-024-8 02810

홈페이지 www.gimmyoung.com   블로그 blog.naver.com/gybook
인스타그램 instagram.com/gimmyoung   이메일 bestbook@gimmyoung.com

좋은 독자가 좋은 책을 만듭니다.
김영사는 독자 여러분의 의견에 항상 귀 기울이고 있습니다.

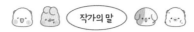

여러분은 가장 소중한 친구를
친절하게 대해준 적이 있나요?
그 친구가 마음이 상하면 따수운 말로 위로해주고,
조금 서툴거나 실수해도 그럴 수 있다고 도닥여주고,
나만 잘 못 사는 것 같다고 스스로 작아진 친구에게
"그렇지 않아. 너는 늘 최선을 다하며 잘 살고 있어"라고
말해준 적이 있나요?

그렇다면 나 자신에게는 어떤가요?

혹시 내 마음이 상할 때는 자책을,
실수했을 때는 비난을,

아구
이쁘

쮸―욱

스스로 작아질 때는 "내가 그렇지 뭐"라고
말하지는 않나요?

그렇다면 이 책의 이야기를 나에게 들려주세요.
가장 친한 친구에게 대하듯
나에게도 그 친절한 말들을 건네주세요.

꽁달이의 응원을 한 자 한 자 필사하다 보면
근심이나, 걱정이나, 힘든 상황이 다가올 때
더 단단하게 자신을 지킬 수 있을 거예요.

오늘도 수고한 나를
가장 친절히, 더 따스히 바라봐주기로 해요.

고은지

작가의 말

1

내가
너의 편이
될게

4

행복
별거 있나

오늘도 애썼어

오늘도 애썼어.

졸린 눈 비비고 일어나느라
할 일을 하느라
사람들과 어울리느라
피곤한 와중 밥 챙겨 먹느라
그럼에도 웃음 짓느라

정말 애썼어.

오늘의
감정

월   일

누구나 쉼이 필요해

우리 잠시 쉬어가자.

그간의 지친 마음도
잘하고 싶은 부담도
툭, 내려놓자.

따수운 차 한 잔 들고
고개를 들어 하늘도 보며
잠깐의 여유를 선물해주자.

더 오래 가기 위해
더 멀리 가기 위해
그렇게 한 숨 쉬어가자.

내가 채고야

작아질 땐 말해줘.
"누가 뭐래도 내가 최고야!"

힘이 들 땐 말해줘.
"걱정 마. 정말로 잘하고 있어."

걱정될 땐 말해줘.
"감정이 불안할 뿐 일이 잘못되는 건 아냐."

울적할 땐 말해줘.
"좀 이런 날도 있지. 괜찮아."

매일 너에게 말해줘.
"나는 나를 일으킬 수 있는 사람이야"라고.

오늘의
감정  월   일

내가 최고야!!

듣고 싶던 말

그리 듣고 싶던 한마디는
그리 대단한 말은 아니었을 거야.
힘든 감정에 허우적대는 날 구해줄
다정한 한마디가 필요했던 것뿐이지.

"그랬구나."
"많이 힘들었지?"
"곧 나아질 거야."
"괜찮아. 그럴 수 있어."
"내가 이렇게 네 옆에 있을게."

이렇게 다정한 말 한마디가 간절했을 뿐이지.
그것뿐이지.

005

일이 망하지 내가 망하냐

세상 끝날 것 같고
하늘 무너질 것 같아도
별일 안 일어나더라.

상황이 불안할 뿐, 내가 불안한 게 아니니까.
일이 잘못될 뿐 내가 잘못되는 건 아니니까.

모든 게 무너지고 망한 것 같아도
내가 망하는 건 아니니까.

난 결국 내 길을 찾아
당당히 나아갈 테니까.

괜찮아. 일이 망하지
내가 망하는 건 아니니까.

그러네

난 늘 내 편

모두가 남의 편이어도
나는 내 편이 되어줄래.

가장 따스한 시선으로
나 자신을 바라볼래.

난 소중해.
그 무엇보다 더.

징쨔 소중해.
세상에서 제일!

오늘의
감정

월   일

난 늘 내 편이야.

부둥

부둥

행복 별거 있나?

행복 별거 있나?

오전에 제일 좋아하는 커피를 사 마실 수 있고
저녁에 좋아하는 취미 하나는 할 수 있고
주말에 맛집과 전시회에 갈 여유가 있고
힘들 때 속 털어놓을 친구가 있고
오늘도 별일 없이 하루를 마무리할 수 있다면

그게 행복이지 뭐.

008

걔 뭐 돼?

상처받은 내 모습이 어쩐지 안쓰러워.
무례함에 익숙해진 내 모습이 속상해.

이젠 무례한 사람에게 친절하지 않을래.
침착하게 내 의견과 감정을 이야기할래.

결국 그의 무례함은
스스로에게 돌아갈 테니.

그저 당당해져도 돼.
그래도 돼.

오늘의
감정    월   일

009

날 믿어보는 거야

조건 없이 날 믿어줄래.
근거 없이 날 사랑할래.

나의 인정은 날 자라게 하고
나의 믿음은 날 단단히 하고
나의 사랑은 날 숨 쉬게 할 거야.

날 믿어주는 데
조건 따윈 업써.

혼자가 아니야

세상에 내 편이 없는 것 같을 때
아무도 없이 혼자 남겨진 느낌이 들 때

생각해봐. 가장 소중한 존재들을.
떠올려봐. 지금까지 나를 떠나지 않은 것들을.
기억해봐. 내가 가장 사랑하는 것들을.

그리고 잊지 마아.
나는 날 떠나지 않는단 걸.
나는 늘 내 편이라는 걸.

너 잘 살고 있어

나 잘하고 있는 걸까?
확신이 들지 않아.

좀 못해도 시행착오고

잘해도 네 힘이야.

그니까 의심 마아.
잘하고 있다구.

011

누군가 날 싫어해도

어느 곳이든 날 경계하고 좋아하지 않는 사람은 있어.
누군가 날 싫어한다는 사실은 참 힘들지.

그런데 있잖아.
그 사람이 날 좋아하지 않는대도 조금도 위축되지 마.
나에게 애정을 두지 않은 사람의 말에 흔들리지 마.

그 사람은 나의 가치를 결정할 수 없으니까.
나의 가치는 나만이 결정할 수 있으니까.

친구와 함께라면

생각과 걱정이 너무 많을 때
마주한 일이 힘겹게 느껴질 때

좋아하는 친구 불러 실없는 소리하며 맘껏 웃자.
혼자 먹기 힘들던 음식도 함께 먹고
같이 네 컷 사진도 찍으러 가자.

친구와 함께라면 모든 게 쉬워질 거야.
마주하기 힘들었던 일들도 조금은 작아질 거야.

그렇게 될 거야.

아직 응애애오

그간 치열하게 살았잖아.
가끔은 응애로 살아도 돼.
어른으로만 있기엔 버거운 삶이야.

가끔은 찡얼거리기도 하고
먹고픈 거 먹고, 보고픈 거 보며
꿈 없이 긴 잠을 자는 것도 필요해.

그렇게 아무 생각 없이, 죄책감 없이
아기처럼 뒹굴거리다 보면
다시 내일을 살 힘이 날 거야. 응애!

서로의 온기가 만나

정말 많이 힘들고
어떤 대처도 소용없다 느껴질 때
누군가 옆에서 온기를 나눠주는 것만으로
힘이 되더라.

무거운 마음의 짐 내려놓고
오늘은 내게 기대 쉬어.
내가 너의 온기가 되어줄게.
한 줄기 따스함이 되어줄게.

마음의 소나기

마음의 상처는 소나기 같아.
예상치 못한 때 내리고
아무리 모자를 쓰고 달려보아도
세찬 비를 피할 수 없어.

그럴 땐 작은 우산에 기대어 조금만 쉬자.
지치고 힘들겠지만 조금만 더 버텨보자.

날 위한 햇살이 저 구름 뒤에 있어.
눈부신 무지개가 날 기다리고 있어.

어떤 비도 내내 내리지 않듯
내 마음의 상처도 내내 머물지 않을 거야.

제자리걸음도 걸음이야

무계획도 계획이고
제자리걸음도 걸음이며
무너짐도 움직임이야.

그간 달려온 나이기에
치열하게 살아온 나이기에
불안해하지 않아.
나의 걸음을 의심하지 않아.

그동안 나의 모든 걸음은
단 한 걸음도 헛되지 않았어.

네잎클로버

행운은 나에게 오고 있어.

길 가다 마주친 네잎클로버처럼
꿈에서 마주친 파랑돌고래처럼
가장 좋은 행운이 오고 있어.

아무 걱정도 말고
나의 때를 기다리면 돼.
행운은 돌고 돌아 결국 나에게 올 거야.

사람이 다 그런 거지

사람이 어떻게 늘 사랑스러울 수 있어.

못날 때도 힘들 때도 있는 거지.
가끔 찌질해지기도 하고 서투를 때도 있는 거지.
위축된 마음에 동굴로 숨을 수도 있는 거지.
다이어트 다짐한 날 야식 잔뜩 먹고
다음날 다시 결심할 수도 있는 거지.

사람이 다 그런 거지.

사람이 어떻게 늘
사랑스러울 수 있어.

놀아야 살아

일 안 풀릴 때
마음 답답할 때
앞날 막막할 때

음악을 크게 틀고 그저 뛰어봐.
미친 듯이 흔들어 봐아.

그간의 스트레스
그간의 무거움
한 움큼, 두 움큼
모두 날아갈 때까지.
기분이 한결 나아질 때까지.

맘껏 흔들어~~

어쩌면 너는

잔뜩 움츠린 어깨, 꼬리를 무는 생각들
불안하고 빠르게 변하는 세상 속에서
긴장하며 사느라 고생 많았지.

괜찮아. 그 긴장 이제는 모두 놓아도 돼.
꽉 조이고 있던 모든 긴장감 풀어도 돼.

스스로 여기까지 왔잖아.
앞으로 더 빛날 나잖아.

불안해하지 않아도
조급해하지 않아도
결국 난 잘될 거야.

오늘 가장 듣고 싶었던 말

나만의 색깔로 칠하기

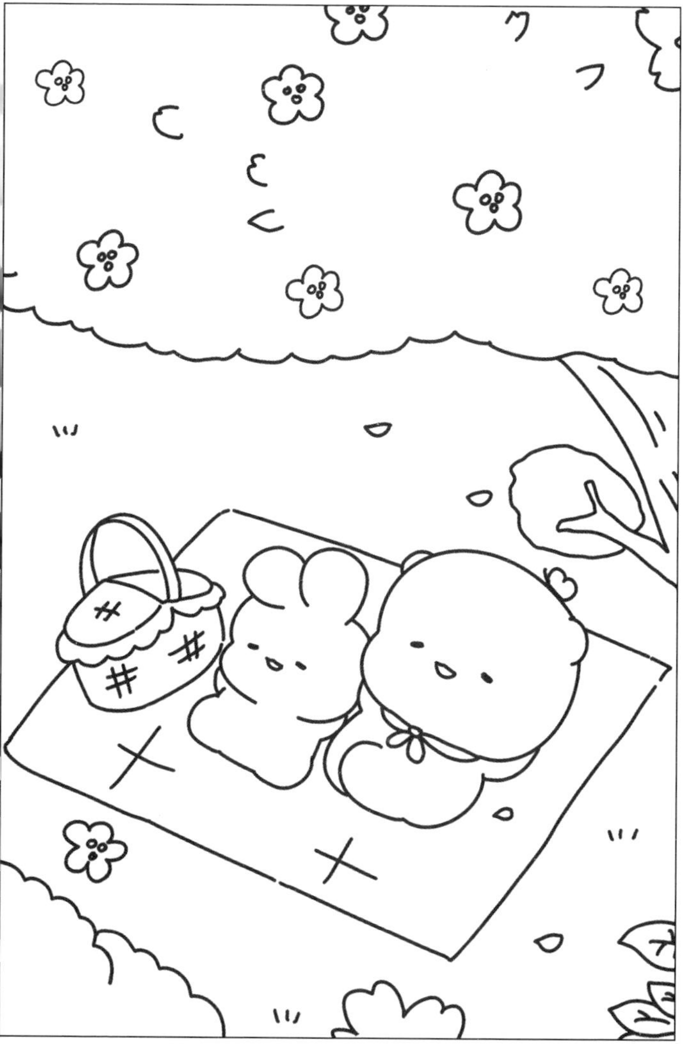

2

토닥토닥,
오늘도 잘 살았네

021

마음에 비가 올 때

쉽게 울적해지는 날.
작은 것에 예민해지고 신경 쓰이는 날.

아무 걱정 마아.
포근한 침대와 좋은 향기가 있어.

너무 울적해 마아.
치즈에 우동 사리 추가한 떡볶이도 있어.

매콤달콤한 떡볶이 한입 먹고
후식으로 아이스크림 한입 하고
재밌는 거 보며 크게 웃어 봐아.

엇! 그러고 보니
울적한 마음 다 어디 갔지?

내 탓이 아니야

그런 날이 있어.
왠지 스스로가 맘에 안 들고
쉽게 짜증이 나고
일은 안 풀리는 것 같고
자존감이 바닥을 치는 날.

걱정 마아. 내 탓이 아니야.
호르몬 탓이야.
진짜로 일이 안 풀린 탓이야.
그러니 스스로 미워하지 말자.
난 여전히 용감하고, 귀엽고, 멋찐 으른이니까.

포기하지 마아

반복되는 결과에 실패한 것 같지.
노력한 성과 없어 포기하고 싶지.

그래도 있잖아.

한 번만 더 생각하자.
실수는 실패가 아니까.

한 번만 더 일어서자.
당장 좌절하기엔 이르니까.

버티고, 버티고, 버텨보자.
난 결국 잘될 사람이니까.
원하는 걸 이룰 사람이니까!

좀 이런 날도 있지

어떻게 모든 하루가 행복하겠어.

어떤 하루는 우울하고
어떤 하루는 막막하고
불안하고 힘들 수 있는 거지.

좀 이런 날도 있지. 괜찮아.

잘 도망치기

도망이 꼭 나쁜 것은 아니야.
나의 발은 해로운 것으로부터 도망치기 위해 있거든.

날 존중하지 않는 무례한 사람,
해결하기 버거운 문제들,
모두 지금 당장 직면할 필요는 없어.

우선은 잠시 쉬자.
좋은 곳으로 가서 생각도 정리하고
긴 잠도 자고 건강한 밥도 먹으며 잠깐 피해 있자.

잘 도망치는 것도
삶을 살아내는 좋은 방법이니까.

오늘도 잘 살았네

꼭 쉴 새 없이 뭔가 해야만 한다는 생각이
우릴 더 괴롭히곤 하지.

하지만 생각해봐.
이미 할 일을 하고
밥도 챙겨 먹고
하루치 웃음도 채웠는걸?

꼭 무언가 더 하지 않아도 괜찮아.
오늘도 잘 살았어.

오늘의
감정    월   일

부정적인 감정이 밀려올 때

걱정 마. 억지로 지울 필요 없어.

함께 가면 돼.
달래 가면 돼.
줄여 가면 돼.

그 감정이 꼭 불행으로 이어지는 건 아니니까.
내겐 그 감정을 다스릴 힘이 있으니까.

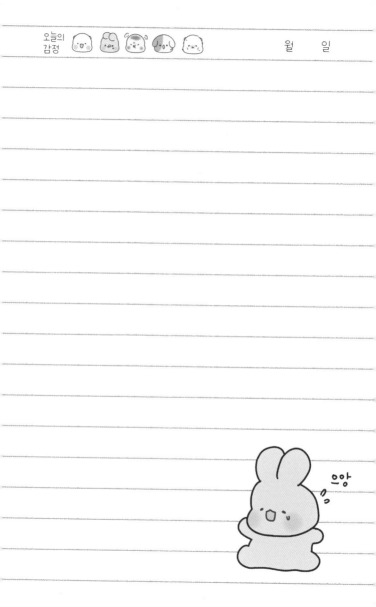

으앙

028

조급한 마음

어떻게 늘 잘할 수 있겠어.
가끔은 잘하고 싶은 마음도
애쓰던 마음도 잠시 내려두자.

처음엔 그저 꿈꾸던 일이었는데
지금은 그 일을 하고 있잖아.

처음엔 실수투성이였는데
이젠 의연하게 해내고 있잖아.

스스로 말해주자.

그 힘든 시간을 겪고 이리 성장했구나.
나 참 멋진 사람이구나.

힘 빼고 살자

바싹 긴장하며 살아봤자
치솟는 건 걱정과 승모근뿐.

오늘은 힘 빼고 푹 쉬자.
내일은 덜 불안하고
더 행복할 거야.

꿍꿍꿍꿍

마법의 주문

자신이 없을 때 외쳐봐.
"좀 안되면 어때!"

최선을 다했음 외쳐봐.
"될 대로 돼라!"

결과에 실망할 때 외쳐봐.
"오히려 좋아!"

그리고 걱정 마. 너 잘돼.

아쉬울 땐 아쉬운 대로

내가 채고야

너 잘 살고 있어

왜 이렇게 시무룩해.
오늘도 잘했고, 잘 살았는데.

근거 없는 말 같아도
인정하고 싶지 않아도
계속해서 이야기해줘.

"괜찮아. 오늘도 잘 살았어."

우린 완성되어 가는 거야

더 이상 길이 없다면
만들고 찾으면 돼.

포기하지 않는 걸음에
실패라는 단어는 없어.
과정과 완성만 있을 뿐이야.

정말
저기 새로운
길이 보여!

내 말이 맞아, 내 맘이 맞아

세상이 말하는 정답이 있다 해도
날 가장 잘 아는 사람은 바로 나잖아.

내 말이 맞아.
내 맘이 맞아.

아픈 사랑도, 막막한 일들도
정답을 가장 잘 아는 사람은 나이기에
그 마음을 따라가자.
내 마음을 믿어주자.

나의 정답은 시간을 거쳐
나를 더 행복하게 할 테니.

뭔가 힘 나는 말

머리가 지끈지끈
앞날은 걱정되고
울적함은 밀려올 때

맘껏 이야기해. 내가 들어줄게.
외로워 마아. 옆에 있어줄게.
먹고픈 거 말해. 오늘은 내가 낼게.

오늘도 고생했어.

나에겐 그럴 만한 일이야

힘들면 힘들다고,
아프면 아프다고,
싫으면 싫다고 말해도 괜찮아.
나에겐 그럴 만한 일이야.
내가 그렇게 느끼면 그게 맞는 거야.

세상에 잘못된 감정은 없고
나는 잘못되지 않았어.

괜찮아, 지나갈 슬픔이야

슬픔의 파도가 날 덮칠 때
끝이 보이지 않아 두려울 때

괜찮아, 끝까지 가보자.
뭐 어때, 바닥까지 가보자.
아픔을 충분히 아파하자.

그래야 슬픔이 온전히 지나갈 수 있으니까.

깊은 슬픔의 바다 속에서도
나는 방향을 잃지 않을 거야.
어떤 순간이든 나 자신을 놓지 않을 테니까.

꾸준히 단단하게

잘되는 거 별거 없어.

지금 나의 레벨에서
무리하지 않고
무너지지 않고
할 수 있는 걸 하고 있다면
그게 바로 잘하는 거야.

예민해서 민감해서
섬세해서 내가 좋아

나라는 사람이 그래.
맞아. 조금 예민해.

예민한 만큼 섬세하게 느끼고
작은 위로에도 크게 감동받지.
누군가의 작은 표정도
스쳐가는 감정도 알아채지.
같이 있으면 따수움은 덤이지.

그래서 내가 좋아.

예민해서 민감해서 섬세해서
나는 내가 좋아.

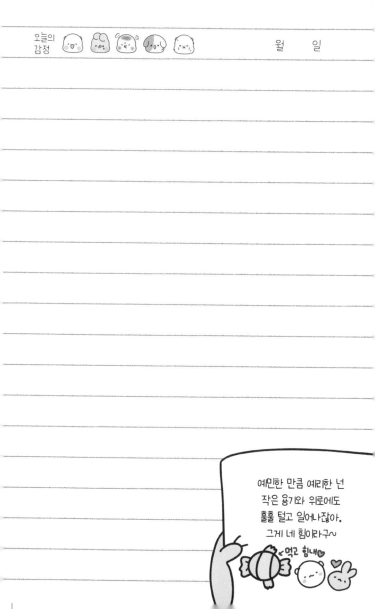

예민한 만큼 예리한 넌
작은 용기와 위로에도
훌훌 털고 일어나잖아.
그게 네 힘이라구~

먹고 힘내♡

039

너의 손 놓지 않을게

불안해 마아. 나 여기 있자나.

너의 손 놓지 않을게.
네가 안심할 때까지.

내 온기를 나눌게.
그 따스함이 널 채울 때까지.

오늘의
감정    월   일

040

하루쯤

하루쯤 행복하지 않아도 돼.
하루쯤 웃지 않아도 괜찮아.
하루쯤 울적함에 사로잡힘 어때.

괜찮아. 오늘 하루도 애썼어.
늦어도 밥은 꼭 챙겨 먹고
의지를 내서 여유를 내자.

하루쯤 행복하지 않더라도
내일의 나는 행복해야 하니까.

나를 힘 나게 하는 것들

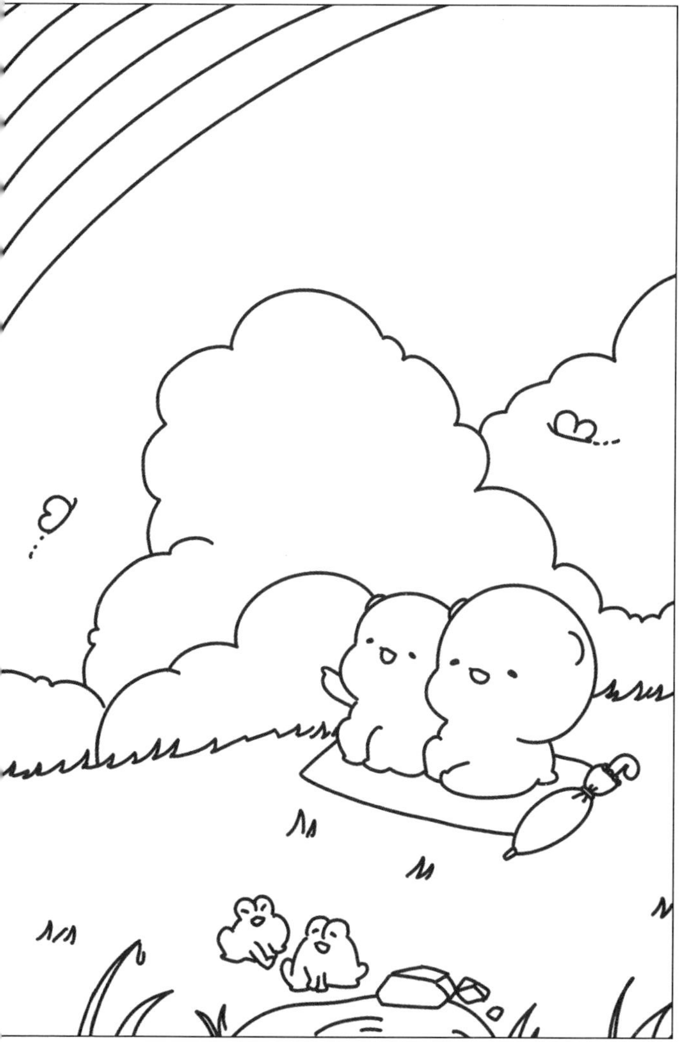

3

작은 위로가
널 살릴 거야

041

너랑 있으면

우울한 마음이 날 짓누를 때
힘든 마음이 날 집어삼킬 때

"모해?"
"밥은 먹어써?"
"나에게 얘기해줘."
내 안의 어두움을 밝힌 너의 목소리.

참 신기해.
너랑 있음 하나도 안 우울해.
너랑 있음 다 도망가, 불안함.

네 존재에 고마워. 그저 고마워.

이제
괜찮아

에구
그래서
속상해꾸나

가까운 관계가 더 아파

아무리 가까운 사람이라고 해도
가족이라 해도, 연인이라 해도, 절친이라 해도
하나의 인간관계일 뿐이야.

그들이 나에게 상처 낼 자격은 없어.
그들이 나보다 소중하지는 않아.

아픔에 압도되어 중심을 잃지 마아.
가까운 사람이 아무리 소중한들
나 자신이 가장 소중할 뿐이야.

성공적인 이별

잘 헤어졌어.

나만 이해하고
나만 좋아하고
나만 기다리는 연애는
길어질수록 아플 뿐이니까.

나의 선택을 후회하지 않아.
헤어짐이 아파 내 탓하지 않아.
어떤 상황에도 이 사실을 잊지 않아.

난 존중받을 자격 있고
여전히 좋은 사람이라는 걸.

상처보다 큰 사람

관계에서 오는 두려움이 날 덮칠 때가 있지.
거절당하고, 소외당하고, 억울했던 기억들.
다가가려 노력했고 화해하려 애썼지만
실패했던 경험들.
그 모든 게 날 작아지게 했을지도 몰라.

그런데 있잖아. 상처에 지지 마.
여기까지 온 나는 상처보다 큰 사람이야.
어떤 상황이든 날 좋아하는 사람은,
두 발로 나에게 달려와 꽉 안아줄 사람은 반드시 있어.
그러니 한 발엔 용기, 한 발엔 자신감을 신고
앞으로 한 걸음 가자. 난 할 수 있어.

아픈 사랑도 사랑이지

이제는 이해받았음 해.
이제는 사랑받았음 해.
이제는 인정받았음 해.

이제는 행복했으면 해.
정말로 그랬으면 해.

오늘 뭐 먹지?

생각이 많을 때는
오늘 뭐 먹을지만 생각하자.

잘 챙겨 먹기만 해도
하루는 너무 바쁘니까.

넌 몰라도 난 알지,
네가 얼마나 좋은 사람인지

주저앉은 자존감은
네가 얼마나 좋은 사람인지 잊게 만들지.

근데 난 알아. 티내지 않아도 느껴져.
네가 얼마나 좋은 사람인지.

네가 타인을 바라보는 시선에서
목표를 포기하지 않는 끈기에서
힘든 이를 위로하는 목소리에서

네가 얼마나 좋은 사람인지 선명해져가.

행복해도 돼

행복할 자격 있는 나인데
불행할 자격 있듯 살았네.

이젠 행복해도 돼.
정말 그래도 돼.

사랑이 두려운 너에게

사랑이 겁날 수 있지.

누군가와 가까워진다는 건
책임감이 따르는 일이니까.

누군가와 교감한다는 건
문제풀이보다 어려운 일이기도 하니까.

그래도 있잖아,
사랑을 겁내지 마아.

네가 용기 내어 다가간 걸음만큼
두려움은 저 멀리 사라지고
행복은 한층 가까워질 거야.

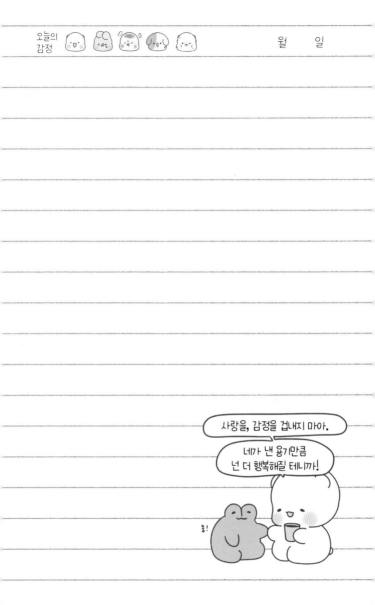

너의 마음이 안녕하길

오늘 하루 어때써?
밥은 잘 먹었구?
누가 핀잔주는 사람은 없었어?
마음 아플 일 없이 하루 잘 보냈기를 바라.

오늘도 고생 많았어.
잘 자, 소중한 사람.

잘 자, 소중한 사람

누군가 널 싫어해도

모두에게 잘 보이려 하지 마아.

널 좋아하지 않는 사람에게 신경 쓸 필요 없어.

결국 잘될 거야

작은 위로가 날 살릴 거야

괜찮다. 잘했다. 장하다.
아낌없이 내게 말해줄래.

그 작은 응원이
내 숨통을 트이게 하고

그 작은 위로가
날 살릴 거야.

토닥

괴로움으로부터
잘 도망치는 법

❶ 셀프 빨래방에서 이불 빨래를 한다.
  건조기에서 갓 구워진 이불의 뜨끈함과 뽀송함을
  한껏 느끼며 집에 온다.

❷ 친구 소환해서 쇼핑하고 카페에서 수다 떤다.
  (단, 일 얘기 금지)

❸ 맘껏 논다. 어디든 간다.
  (단, 죄책감 느끼지 않기)

❹ 신세한탄도 하고 맘껏 우울해한다.
  (단, 2주 이상은 위험)

❺ 새로운 사람들과 친해져 본다.
  (단, 힘들면 억지로 연락할 필요는 없음)

❻ 좋아하는 드라마 정주행하며 혼자만의 동굴을
  즐긴다. (단, 필요 시 간식도 맘껏)

걱정 OFF, 행복 ON

별생각이 다 들어도 걱정 마.

별일 안 일어나더라.

〈격정〉

무례한 사람 대처법

무례한 사람에게 주눅들 필요 없어.
날 만만히 보는 사람의 눈치 볼 필요도 없어.

불쾌한 말에 웃어주지 말고
무례한 말에 정색해도 돼.
내 마음이 불편하면 그런 거지.

오히려 충분히 거리를 둘래.
내 마음이 편안해질 때까지.
내가 나다워질 때까지.

정색

아무 말 없어도 편안한 관계

어떤 말도 하지 않아도
어색하지 않은 관계가 좋아.

가만히 앉아서 시간을 보내도
지루하지 않은 관계가 좋아.

웃기지 않아도 웃을 수 있고
감동 주려 하지 않아도 감동받을 수 있고
멀리 있어도 쉽게 멀어지지 않는
그런 관계가 좋아.

그런 네가 좋아.

만 - 족

056

지쳤다는 건 그만큼
애썼다는 이야기 같아서

지친 내 모습에 마음이 아파.
지쳤다는 건 그만큼 애썼다는 이야기 같아서.

이제라도 그 마음 위로해가자.
지친 나를 위해.

가장 따숩고 포근한 응원을 건네자.
애쓴 나를 위해.

내 마음 다시 일어날 수 있을 때까지.
진심으로 활짝 웃을 수 있을 때까지.

나만의 힐링 푸드와 함께

음식에는 감정을 바꿔줄 힘이 있지.

긴장한 마음을 이완시켜줄 따스한 티.
울적한 기분을 낫게 해줄 매콤달콤 떡볶이.
텅 빈 마음을 위로해주는 시원한 맥주와 치킨.

나만의 힐링 푸드와 함께라면
오늘의 기분도 한결 나아질 거야.

아프지만 마아

혼자일수록
아프지 말자.

잘 챙겨 먹고
운동도 하며
욕심 좀 내자.

그 누구보다
행복할 욕심.

있는 그대로의 나

걱정이 많다는 건
위기에 잘 대처한다는 거고

예민하다는 건
배려가 많고 섬세하다는 거고

느리다는 건
더 많은 것을 본다는 거겠지.

좋아해도 돼.
아껴줘도 돼.
내 모습 이대로 사랑해도 돼.

조금 느려도 괜찮아.

이러다
늦겠어

술술 풀려라

꽉 막힐 때가 있어.
더 잘 해내려고 쉼 없이 달릴 때.
더 꼬일 때가 있어.
여유 없이 계속해서 욕심을 낼 때.

반대로 술술 풀릴 때가 있어.
그저 멍 때리며 산책할 때.
좋은 향으로 샤워하며 흥얼거릴 때.

더 잘하려 하지 말자.
더 애쓰지도 말자.
결과는 하늘에 맡기자.
걱정 내려놓고 푹 쉬자.
괜찮아. 모두 술술 풀릴 거야.

오늘의
감정    월   일

가장 나다운 순간

나만의 색깔로 칠하기

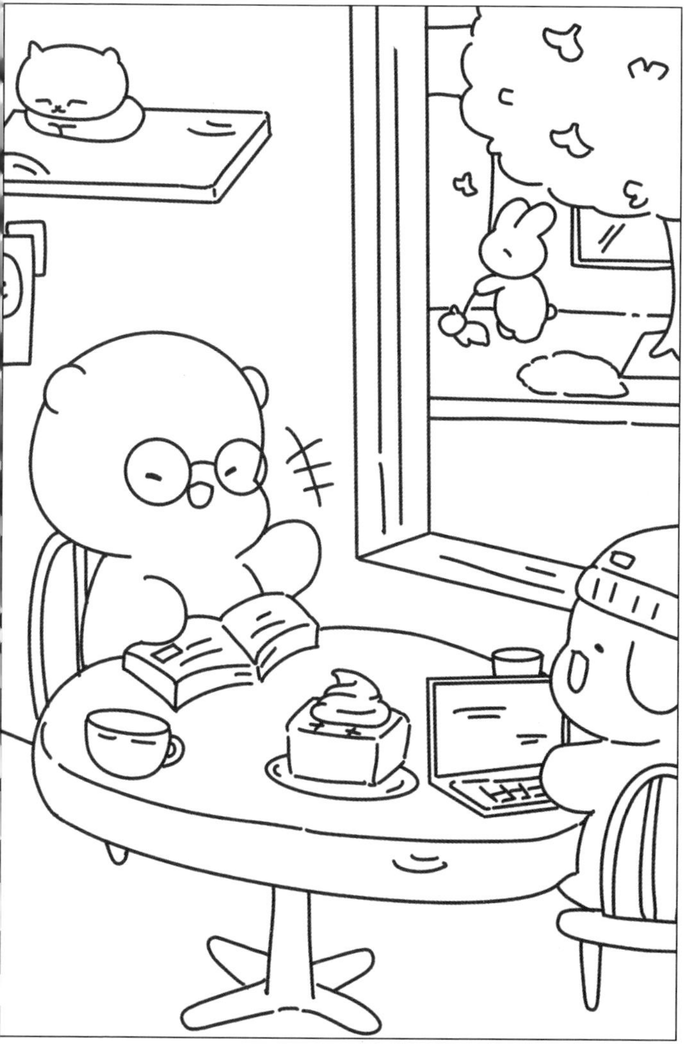

4

행복
별거 있나

061

나 사용법

누군갈 알아가는 데
오랜 시간이 걸리듯

나라는 사람을 알아가는 데에도
많은 노력이 필요해.

무엇을 좋아하는지, 무엇을 싫어하는지
어떨 때 행복한지, 무엇을 바라는지
불쾌하게 하는 상황이 무엇인지
그럴 땐 어떤 대책을 세워야 하는지
많은 공부가 필요해.

나는 좋은 사람일까?

좋은 자녀, 좋은 애인, 좋은 친구, 좋은 직원
너에게 보내는 기대에
지금까지 많이 무거웠지?

이제 그 짐 내려놓아.
모두에게 좋은 사람이기 전에
좋은 너로 있으면 돼.

혼자 짐 지지 않아도 돼.
그 짐을 주변과 나눠도 돼.
그래야 오래, 멀리 갈 수 있어.

끝까지 갈 사람

생각해보면 벼랑 끝에 몰린 날 붙잡아준 건
언제나 나 자신이었다.

소외되고 좌절되어 마음이 바닥을 칠 때에도
날 떠나지 않은 사람은
다름 아닌 나 자신이었다.

아쉬울 땐 아쉬운 대로

후회가 길어지면 자책이 되고
자책이 커지면 우울감이 되어
마음을 무겁게 짓누르곤 해.

괜찮아. 이제는 그 늪에서 나와도 돼.
잘못한 일이라면 배움의 기회로 삼고
실패했다면 다시 일어날 기회로 삼으면 돼.

이제 최선을 다한 날 격려해주자.
그렇게 날 일으켜주자.

총총

아쉬웅의늪

나라는 사람

나를 좀 봐.

불안하지만 걱정하지 않고
위축되지만 작아지지 않고
좌절되지만 가라앉지도 않고
이렇게 잘 해내고 있잖아.

지금처럼 하면 돼.
나는 결국 잘될 거야.

번아웃 극복

불안해 말자. 일이 우선이 아니니까.

쉬는 데 죄책감 가지지 말고
즐거움에 돈 아끼지 말고
조급하게 애쓰지 말고
일에 욕심내지 말고
그저 푹 쉬자.

마음이 회복되어야
내가 나다울 수 있으니까.

천천히 가야
더 오래갈 수 있으니까.

잘되면 내 덕,
안되면 세상 탓

잘되면 단순히 운이 좋아서이고
안되면 능력이 부족해서라 생각할 때가 많아.

근데 있잖아, 잘된 건 내 능력과 끈기 덕분이고
안된 건 성공과 경쟁이 일상이 된 세상 탓이지.

안될 때, 힘들 때 세상 탓 좀 해도 돼.
그게 맞을 때가 많거든.

지치지 않는 만큼

힘나는 만큼 해.

긴 걸음을 가도 지치지 않을 만큼.

여유는 남겨놓도록 해.

먼 걸음을 가도 행복할 수 있을 만큼.

오늘의
감정

월   일

불안

과도한 불안은 허상일 뿐이야.
실제로 나에게 어떤 해도 끼칠 수 없어.

예전에는 그렇게 걱정하던 일을
지금은 의연하게 넘기는 나잖아.
당장 불안한 일도, 어려운 관계도
5년 뒤에 보면 또 별거 아닐 거야.

그니까 미리 너무 걱정 말자.

징쨔!

안 되면 될 때까지

뒤처지는 느낌이 든다는 건
무언가 시작했고
포기하지 않았다는 증거잖아.

마음먹었다면, 될 때까지 해보자.
결국 꿈은 이루어질 테니까.

오늘의 감정 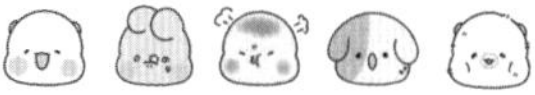

월 일

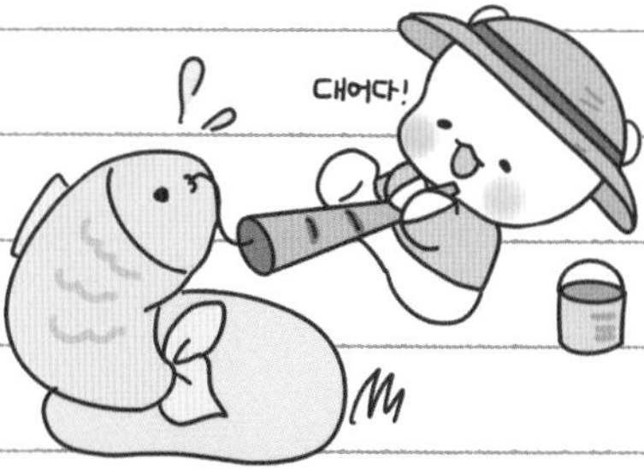

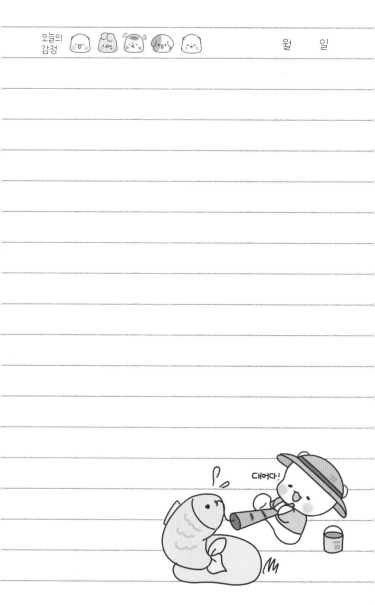

마음의 소나기

비가 참 많이도 온다.

그치.

비..

잠깐 나랑 이야기하며
비가 멈추길 기다리자.

어떤 소나기든
반드시 지나가니까.

비 온 뒤의 햇살이 더욱 눈부시듯

네 마음도 아픔 후에 더욱
단단해지고 빛이 날 거야.

정말
이네

최고의 주연

내 선택을 믿어

무엇을 선택하든 괜찮아.

나만큼은 날 믿고
마음속 깊은 메시지를 따라가는 거야.

바로 거기에 답이 있어.

힘든 감정에서
벗어나는 좋은 방법

첫째, 믿을 만한 사람에게 털어놓기.
둘째, 일기 쓰며 감정을 그대로 직면하기.
셋째, 그저 시간을 가지기.

그런데 만약에 말야.
믿을 만한 친구가 없고
일기 쓰기엔 힘이 없고
시간을 가지기엔 당장 많이 힘들면

내게 다 이야기해줘.
밤새 들어줄게.

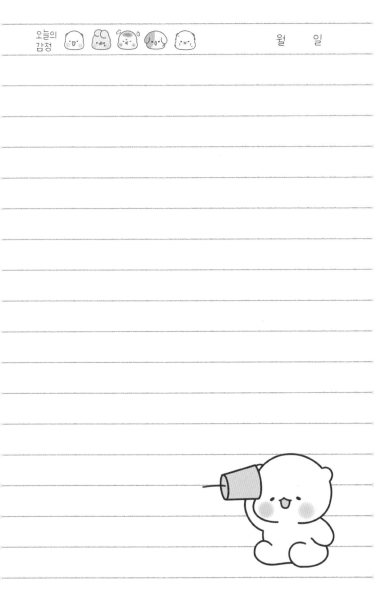

충분히 잘 살아냈어

잘 사는 거 별거 있나?
그저 잘 자고
잘 싸고
잘 챙겨 먹고
내 할 일 하면 되지.

수고한 당신,
오늘도 잘 살았습니다!

와앙

한 걸음의 용기

걱정 마아. 이제 시작이야.

한 걸음의 용기도 괜찮으니
포기하지 마.
난 할 수 있어.

무거움은 내게 맡겨

20킬로그램 연장을 멘 듯 무거운 어깨
돌덩이처럼 무거운 다리
물에 젖은 듯 아무 힘도 없는 몸.

많이 무거웠지?
얼마나 힘들었어.

세상일이란 게 그래.
가장 어두운 후에 동이 터.
비가 내린 후 땅이 단단해져.

지금은 많이 힘들겠지만
무거움도 점차 가벼워질 거야.
몸도 마음도 더 나아질 거야.

오늘의
감정    월   일

최선을 다하고
하늘에 맡겨

치솟는 물가에 마음은 불안하고
월급은 오르지도 않는데
주변을 보면 다들 잘 사는 것 같아.

그래도 최선을 다했잖아.
그럼 된 거지. 나머진 하늘에 맡겨야지.

그래. 나 잘하고 있어.

강철 유리멘탈

힘이 세다고 강한 게 아니야.
상처받지 않는다고 강한 게 아니야.

진짜 강함은
자신을 이해하는 데에서 오고
스스로를 이해하는 난
그 누구보다 강한 사람이야.

좋은 하루

나쁘지 않은 하루면
그게 좋은 하루지 뭐.
무사히 지나만 가도
충분히 좋은 하루지 뭐.

그래. 오늘도 좋은 하루였어.

최고의 주연

누군가의 가장 친한 친구로 만족한다고
누군가의 착한 자녀로 만족한다고
누군가의 괜찮은 애인으로 만족한다고
누군가의 인생의 조연 정도로 괜찮다고 하지 마아.

그 누군가는 내 인생의 조연일 뿐
주연은 나 한 명이니까.

오늘의
감정 　　　　　　　　월　　　일

쉬는 것도 공부가 필요해

나만의 충전 모드에 대해 공부가 필요해.

혼자 있을 때인지, 함께할 때인지
밖에 나가서인지, 집에서 쉴 때인지
먹어야 하는지, 자야 하는지
자주 쉬어야 하는지, 한 번에 길게 쉬어야 하는지
공부가 필요해.

나만의 쉼 모드 속에서
오늘도 충전 완료!

마음 다이어리

나만의 쉼 루틴

나만의 색깔로 칠하기

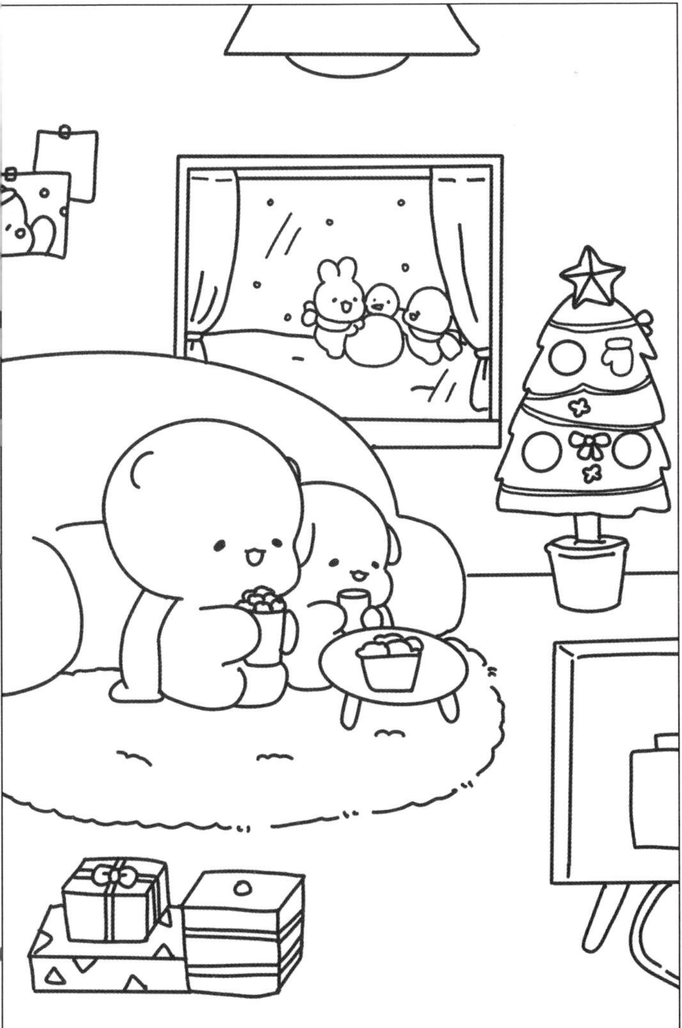

5

앞으로
더 빛날 나에게

081

성장이 없을 때

변화가 없는 상황이 겁날 수 있지.
성장이 없는 상황이 두려울 수 있지.

괜찮아. 당장 나아지지 않더라도
한 걸음 한 걸음씩 걷다 보면
그 모든 걸음은 날 지지하는 근육이 될 거고
어떤 좌절에도 흔들리지 않을 단단함이 될 거야.

두려워 말고 앞으로 가자.
난 할 수 있어.

꼬옥

감정의 실타래

가까운 사이라 해도
전부 이해할 필요는 없어.
엉킨 감정의 실타래 속에서
나의 마음이 방치되지 않았음 해.

날 위해 살자. 다른 누군가를 위해 말고.

날 지키는 방법

날 우습게 보는 사람에게 웃어주지 말자.
부당함에 맞서 날 표현하길 두려워 말자.
무리가 되는 일은 용기 내어 거절하자.
겉 속이 다른 사람은 적당히 거리를 두자.

관계에도 바운더리가 필요하니까.
그래야 내 마음을 지킬 수 있으니까.

흔들려도 괜찮아

지진이 났을 때 살아남는 건물은
단단한 건물이 아니라
잘 흔들리는 건물이래.

흔들려도 괜찮아.
좀 무너지면 어때.

다시 일어날 수 있으면 돼.
중요한 건 회복하는 힘이니까.
내겐 그 힘이 있으니까.

징짜!

딩굴딩굴

가끔은 하루 종일 아무것도 안 해도
큰일이 일어나진 않아.

오히려 매일 뭔가를 무리해서 하면
큰일이 날지도 몰라.

오늘은 포근한 이불 안에서 딩굴딩굴
편안히 푹 쉬어.

원하는 거 다 해

이 시간에 야식 먹음 어떨까?
– 맛있겠지.

할 일 있긴 한데 놀아버림 어떨까?
– 재밌겠지.

지금 자버리면 어떻게 될까?
– 개운하겠지.

무기력하기 쉬운 세상에서
뭔가 하고 싶다는 건 참 좋은 일이야.
그니까 하고픈 거 다 해!

마음이 힘든 날

마음이 힘든 날엔
가장 좋아하는 걸 먹고
가장 좋아하는 노래를 들으며
가장 긴 잠을 자봐.

기분이 한결 나아질 거야.

존재만으로 잘하는 거야

뭐든 잘 해내고
답을 척척 내고
좋은 결과를 보이지 않아도
인기가 별로 없어도
인정해주는 사람 없어도

난 그저 존재만으로 충분해.

지나고 보니 지름길

길을 헤맨다고 해서
길을 잃었다는 건 아니야.

혹시 모르지.
잘못 들어온 그 길이
지름길일지도.

얽히고설킨 실조차
내 성공의 모양일지도.

멈추지 말자.
나의 가능성은 무한하니까.

젤루 소듕해

나는 소중한 사람이야.
나는 빛나는 사람이야.
나는 스스로를 아껴.
나는 이대로도 완벽해.
내 장점과 단점 모두 아름다워.
나는 스스로를 믿어.

나는 누구보다 나 자신을 사랑해.

젤루   소등

충분히 잘 살아냈어

오늘도 잘 먹구

와앙

잘 싸구

끄응

할 일을 해냈잖아.

와~
하기 싫다~

괜찮아. 충분히
잘 살아냈어.

나답게 살기로 했어

나아가는 사람

좌절감에 무너지고
울적함이 밀려올 때

거의 다 왔어. 포기하지 마.

난 나아가는 사람이니까.
결국 잘될 사람이니까!

부정이든 물음표든
느낌표든

긍정적인 마음은 중요하지만
억지로 늘 괜찮을 필요는 없어.

누군가의 성숙함은
부정적인 감정을 받아들이는 것일 수 있고,
물음표를 던지며 회의감을 느끼는 것일 수 있으며,
느낌표를 가지고 한 발짝
나아가는 것일 수도 있으니까.

부정이든 물음표든 느낌표든 모두 괜찮아.

억지긍정

진짜긍정

093

존재 자체로 충분하니까

세상은 자꾸만 내가 부족한 사람인 듯 느끼게 해.
돈도, 외모도, 사랑도, 관계도, 환경도, 성격마저도
어딘가 부족한 느낌이 들어.

근데 있지,
우린 태어나 숨 쉬고 살아가는 것만으로도
완성된 거야.
무언가 더할 필요 없어.
더 행복해도 돼.
더 존중받아도 돼.
존재 자체로 우린 충분하니까.

오늘의
감정

월   일

허깨비

큰 두려움이 널 압도할 때
정면으로 그 앞에 서서 자세히 들여다보면
두려움엔 실체가 없을 때가 많아.

나 자신에게 확신을 가져도 괜찮아.
지금까지 함께해온 나를 믿는다면
두려움은 점점 옅어질 거야.

앞으로 더 빛날 나에게

앞으로 얼마나 더 빛날까?
나의 모든 노력을 응원해.

밥 먹자~

아름답다의 어원

'아름답다'라는 말은
원래 '아름답다'라는 명사인데
'아람'은 '나'라는 뜻을 가지고 있어.

즉 아름답다는 말은
나답다는 말이야.

나 참 아름답다.

잘 살고 있다는 근거

무엇이 근거겠어.
지금 내가 여기 숨 쉬고 있는 게 증거지.
이렇게 이 글을 써내려가는 게 증거지.

이제까지 나의 모든 걸음이
내가 잘 살고 있다는 증거지.

오늘의
감정

월   일

너의 삶에 들어갈 틈

혼자 끙끙 앓지 마아.
네가 힘든 걸 이야기한다고
무언가 잘못되지 않아.
섣불리 판단하지 않아.

너의 삶에 들어갈 틈을 줘.
너의 이야기 들을 기회를 줘.

너와 오래오래 함께하고 싶으니까.
널 정말 많이 아끼니까.

오늘의
감정

월   일

099

눈부시다

세상 풍파에도 쓰러지지 않고
남들 시선에도 당당히 서서
이렇게 멋지게 성장했구나.
그 성장통을 딛고 여기까지 왔구나.

눈부시다.

마지막으로 들려줄게

좋아해.

사랑해.

아주 많이.

넌 최고야

괜찮아

굿짭

나에게 해주고 싶은 응원의 말

오늘도 잘 살았네.